Lutas e metamorfoses
de uma mulher

Édouard Louis

Lutas e metamorfoses de uma mulher

tradução
Marília Scalzo

todavia

I

Tudo começou com uma foto. Eu não sabia que essa imagem existia nem que estava comigo — quem me deu, e quando?

A foto fora tirada por ela quando tinha vinte anos. Imagino que tenha precisado segurar a máquina fotográfica ao contrário para enquadrar o próprio rosto na objetiva. Na época, os celulares não existiam e fotografar a si mesmo não era uma coisa óbvia.

Ela estava com a cabeça inclinada para o lado e sorria um pouco, o cabelo penteado e liso sobre a testa, impecável, seu cabelo loiro em volta de seus olhos verdes.

Como se quisesse seduzir.

Não encontro palavras para explicar, mas tudo nessa foto, sua pose, seu olhar, o movimento do cabelo, evoca liberdade, uma infinidade de possibilidades à sua frente, e talvez, também, felicidade.

Eu tinha me esquecido, acho, de que ela era livre antes do meu nascimento — feliz?

Devo ter pensado nisso algumas vezes quando ainda morava com ela, que um dia ela deve ter sido forçosamente jovem e cheia de sonhos, mas quando encontrei essa foto fazia muito tempo que eu já não pensava nisso, era uma compreensão, uma consciência abstrata demais. Nada ou quase nada do que eu soube dela na minha infância, em contato com seu corpo por quinze anos, poderia me lembrar isso.

Olhando essa imagem, senti as palavras fugirem de mim. Vê-la livre, projetada com todo o seu corpo para o futuro, me trouxe de novo à mente os anos da sua vida compartilhados com meu pai, as humilhações impostas por ele, a pobreza, vinte anos da sua vida mutilados e quase destruídos pela violência masculina e pela miséria, entre vinte e cinco e quarenta e cinco anos, idade em que as pessoas experimentam a vida, a liberdade, as viagens, o autoconhecimento.

Ver essa foto me lembrou que esses vinte anos de vida destruídos não foram uma coisa natural, aconteceram pela ação de forças externas a ela — a sociedade, a masculinidade, meu pai —, e que, portanto, as coisas poderiam *ter sido diferentes*.

A visão da felicidade me fez sentir a injustiça de sua destruição.

Chorei diante dessa imagem porque fui, sem querer, ou talvez, melhor dizendo, com ela e às vezes contra ela, um dos atores dessa destruição.

No dia da briga com meu irmão mais novo — era verão. Eu tinha voltado de uma tarde na escadaria da prefeitura da cidade, quando estourou uma briga com meu irmão mais novo na sua frente. Entre gritos e injúrias, meu irmão me disse, tentando encontrar o tom mais ofensivo possível, No fim, a cidade toda ri de você pelas costas. Todo mundo fala que você é viado.

Não foi tanto o que ele falou que me magoou, nem o fato de eu saber que aquilo era verdade, mas o fato de ele ter falado na sua frente.

Fui até meu quarto, peguei a garrafa com areia colorida que estava em cima do armário, voltei para perto do meu irmão e quebrei a garrafa no chão, diante dele. Era uma garrafa que ele tinha feito na escola. A professora tinha sugerido às crianças da classe mergulhar grãos de areia em corantes e depois encher garrafas de coca-cola com essa areia, para fazer objetos coloridos; ela havia perguntado ao meu irmão menor para quem ele queria dar sua garrafa e ele me escolheu, foi por mim que ele havia se esforçado, foi por mim que havia passado um dia inteiro fazendo esse objeto.

Quando quebrei a garrafa a seus pés, ele deu um grito agudo e chorou, o rosto escondido, enfiado no assento do sofá. Você se aproximou de mim, me deu um tapa e disse que nunca tinha visto uma criança tão cruel. Eu já havia me arrependido do que tinha feito, mas não consegui me controlar. Fiquei com raiva do meu irmãozinho por ele ter revelado, na sua frente, algo sobre mim, sobre a minha vida, sobre o meu sofrimento.

Não queria que você soubesse quem eu sou.

Nos primeiros anos da minha vida, vivi com medo de que você me conhecesse. Quando havia reuniões de pais e professores na escola, ao contrário das outras crianças que tinham notas boas, eu dava um jeito para que você não soubesse. Escondia os convites, queimava-os. Quando, no fim do ano, era apresentado um espetáculo no salão de eventos da cidade com peças curtas, músicas, coreografias, as outras crianças convidavam os pais e toda a família. Eu fazia o que podia para garantir sua ausência. Dizia que as danças e as músicas eram sem graça, inventava problemas técnicos, não passava para você as datas certas do espetáculo. Mentia para você. Mais tarde descobri as cenas, frequentemente repetidas nos filmes e nas séries de TV, da criança que, no palco, espera ver os pais aparecer no auditório para admirarem o espetáculo que ela preparou pensando neles o ano todo, obstinadamente, e não me reconheci nem na espera nem na decepção por sua ausência. Como se toda a minha infância, no fundo, tivesse sido vivida *ao contrário*.

Não queria que você soubesse que na escola as outras crianças se recusavam a ser minhas amigas porque ser amigo daquele que era tido como *viado* não seria bem-visto. Eu não queria que você soubesse que várias vezes por semana dois meninos me esperavam no corredor da biblioteca dessa mesma escola para bater e cuspir na minha cara, para me punir por eu ser o que era, É verdade que você é uma bichinha?

Não queria que você soubesse que com nove, dez anos, eu já conhecia o gosto da melancolia e do desespero, que envelheci precocemente por causa desses sentimentos, que toda manhã eu me levantava com estas perguntas na cabeça: por que eu era a pessoa que era? Por que tinha nascido com aqueles trejeitos de menina, aqueles trejeitos que os outros identificavam, e estavam certos, como a prova da minha anormalidade? Por que eu tinha nascido com aquele desejo por outros meninos e não por meninas, como meu pai e meus irmãos? Por que eu não era outra pessoa? Quando, muitos anos depois de tudo isso, no meio de uma briga eu lhe disse que tinha detestado minha infância, você me olhou como se eu tivesse ficado louco e falou: Mas você sorria o tempo todo!

Como eu poderia reprovar sua reação nesse dia se, de algum modo, ela era sinal da minha vitória, mostrava que eu tinha conseguido durante todo aquele tempo mantê-la na ignorância do que era a minha vida, tinha conseguido, no fim das contas, impedi-la de se tornar minha mãe?

As primeiras páginas dessa história poderiam se chamar: Luta de um filho para não se tornar filho.

No ano em que ela quis tirar férias — entrou na cozinha e disse que tinha tomado a decisão. Tiraríamos férias. Lembrava-se de suas temporadas na montanha, quando criança, quando os médicos a mandavam ao Maciço Central para tratar da sua grave asma. Eu estava com meu pai, vendo televisão, e ela declarou: Vamos viajar para as montanhas. Meu pai riu. Continuou vendo seu programa e comentou, Que ideia é essa agora?

Ela tinha estado com uma assistente social na véspera. A assistente explicara que havia programas do Estado para famílias como a nossa, que não tinham dinheiro para tirar férias, e ela começou a ter esperança.

Passou a ir toda hora ao pequeno prédio onde ficavam os escritórios do serviço social, nos limites da cidade, perto da metalúrgica. Voltava com pilhas de papéis debaixo do braço, certificados, documentos que acabavam de ser impressos, ainda mornos depois de saírem da impressora, e com uma energia que eu nunca tinha visto nela, nem em seu corpo nem em seu rosto.

Punha os documentos sobre a mesa e os desdobrava para mostrá-los a meu pai, mas ele não tirava os olhos da TV. Respondia que isso não o interessava, e ela permanecia ali, imóvel. Virava-se para mim, mas eu também não escutava, não sei por quê, talvez porque inconscientemente imitasse meu pai, talvez porque a descrição de seus procedimentos me entediasse.

Meu pai continuou a fazer pouco-caso dela, mas ela não desistiu. Eu a via ir à mercearia da cidade, geralmente várias vezes por dia, para usar a impressora perto do caixa da loja.

Pedia a meu pai os documentos que um dia, no ano anterior, ele havia organizado e guardado, mas ele respondia que não sabia mais onde tinha posto. Dizia isso com um sorrisinho cruel nos lábios.

Ela esperava. Esperava que ele saísse para o bar e ia fuçar as gavetas dele. Não se contentava em abri-las, tirava-as da estrutura do móvel e colocava-as no chão. Sentava-se diante delas e tirava as pilhas de papéis uma a uma, telefonava, deixava recados, ligava de novo quando não respondiam, atravessava ruas, preenchia mais formulários, até o dia em que nos disse que estava tudo certo, ela tinha vencido, sua frase encobriu o barulho da televisão: Vamos tirar férias no próximo verão. Sorria. (*Seu rosto muito radiante de repente.*) Meu pai disse que não iria conosco, que ficava melhor *na casa dele*, mas nada do que ele dissesse poderia atingi-la naquele estado, agora ela o desprezava graças à sua vitória sobre ele. Tinha em seus dossiês fotos da cidadezinha de montanha para onde eu iria com ela, fotos da casa também, e por meses antes da partida olhou para elas todos os dias, de manhã, à noite antes de dormir, centenas de vezes. No dia em que nos contou a novidade, com a certeza de ir, ela me soprou no ouvido, para que meu pai não ouvisse, Enfim vou ser feliz.

Disseram-me que a literatura nunca deveria tentar explicar a realidade, apenas ilustrá-la, e escrevo para explicar e entender a vida dela.

Disseram-me que a literatura nunca deveria se repetir, e tudo que eu quero é escrever a mesma história, de novo e de novo, voltar a ela até que revele fragmentos da sua verdade, *cavar um buraco atrás do outro até o ponto em que o que está escondido comece a ressumar.*

Disseram-me que a literatura nunca deveria ser uma exibição de sentimentos, e escrevo só para trazer à tona sentimentos que o corpo não sabe expressar.

Disseram-me que a literatura nunca deveria soar como um manifesto político, e no entanto afio cada uma de minhas frases como se afia a lâmina de uma faca.

Porque, sei agora, construíram o que chamam de literatura contra vidas e corpos como o dela. Porque, sei agora, que escrever sobre ela, e escrever sobre a sua vida, é escrever contra a literatura.

Ela nasceu no subúrbio de uma grande cidade no norte da França. Sua mãe não trabalhava, seu pai adotivo era operário. Ela se orgulhava de não ter crescido no interior, ao contrário de meu pai: "É por isso que me expresso melhor do que ele".

Tento me lembrar: seu pai morreu quando ela tinha dez anos. Foi um incidente de que falava muito. Guardava uma carta de no máximo umas vinte linhas que ele tinha escrito em seu leito no hospital, quando soube que ia morrer. Às vezes, uma ou duas vezes por ano, ela abria a carta cuidadosamente dobrada e guardada num envelope amarelado e a relia, sentada na beira da cama. Eu olhava pela porta entreaberta e tentava entender que sentimentos a transpassavam.

Não tenho mais nada para dizer sobre sua infância, nada além desse universo operário e dessa perda do pai.

Sua mãe — minha avó — era uma pessoa discreta, tímida, apagada — tudo o que se esperava de uma mulher. Falava baixo, cozinhava e cuidava da casa, desaparecendo no final das refeições em família para lavar a louça, enquanto os homens continuavam conversando e se servindo de mais vinho. Nasceu nos anos 1930 e com seis ou sete anos fora forçada a deixar o Norte onde vivia por causa dos bombardeios da Segunda Guerra Mundial. Nesse contexto não pôde aprender a ler e recuperou esse atraso sozinha, mais tarde na vida. Vivia uma existência modesta, criara quatro filhos, minha mãe e seus irmãos e irmãs, seu marido morreu jovem, mas ela não era infeliz. Quando eu ia passar alguns dias com ela nas férias escolares, minha avó comentava sobre minha mãe: "Me faz mal ver minha filha sofrer tanto. Nunca imaginei ver sua mãe assim".

A história da minha mãe começa com um sonho: ela ia ser cozinheira. Prolongamento, sem dúvida, da realidade que a cercava: as mulheres sempre cozinharam e serviram os outros. Com dezesseis anos inscreveu-se na escola de hotelaria de sua região, mas um ano depois teve que interromper sua formação; estava grávida e prestes a dar à luz meu irmão mais velho, que logo se tornaria alcoólatra e violento, sempre entre o tribunal e a delegacia de polícia ou porque batia em sua mulher, ou porque incendiava o ponto de ônibus ou as arquibancadas do estádio da cidade, voltarei a esse assunto. O pai, um encanador que ela conhecera meses antes, pediu que ela tivesse a criança. Casaram-se por conveniência, mudaram-se, ele trabalhava, com dezoito anos ela já era "dona de casa", como ela mesma dizia. Talvez esperasse retomar seus sonhos e sua juventude um pouco mais adiante, mas cerca de dois anos depois de seu primeiro parto os médicos anunciaram uma segunda gravidez e ela deu à luz seu segundo filho, minha irmã mais velha. Com vinte anos tinha dois filhos, nenhum diploma e um marido que ela já detestava, depois de apenas alguns anos vivendo com ele.

Ele voltava no meio da madrugada, bêbado. Ela não sabia onde ele havia passado a noite e eles brigavam. Quando me contava isso, mais de vinte anos depois, ela explicava, Eu era mais forte do que ele, então não me importava. Mas aquilo não era vida. Eu estava cansada. Estava cansada de viver numa situação em que precisava estar sempre preparada, pronta para me defender o tempo todo.

Ela o detestava, mas ficou com ele por causa dos dois filhos, por eles. Ela me dizia que não queria que crescessem sem pai, que não queria ser "responsável". E sistematicamente acrescentava: E então ir embora, bem que eu queria, mas para onde?

No entanto, depois de mais dois ou três anos com ele, ela não aguentou. Soube que ele ia para a cama com outras mulheres, mentia para ela. Ele bebia cada vez mais. Alguns dias — como seu filho anos mais tarde, como meu irmão mais velho, como uma repetição exata de vidas — acordava às sete, oito da manhã para ir trabalhar e já estava bêbado sem nem começar a beber, o álcool não saía mais de seu corpo, e ela foi embora.

Mudou-se para a casa da irmã num conjunto habitacional na periferia de uma pequena cidade industrial, perto de supermercados abarrotados e de lojas enormes de jardinagem.

Tinha vinte e três anos, dois filhos, não tinha uma casa para morar nem emprego nem carteira de motorista nem amigos que pudessem ajudá-la. O único sonho que restava, o único sonho ainda possível para alguém como ela, era voltar para trás, Voltar no Tempo. Isso aconteceu poucos anos depois da fotografia, de seu autorretrato.

Por que tenho a impressão de estar escrevendo uma história triste, sendo que meu objetivo era contar a história de uma libertação?

2000, ou talvez 2001 — lembranças de vozes durante a noite; era uma noite em que ela havia bebido demais. Isso quase nunca acontecia, na cidade de interior os papéis eram predeterminados: os homens bebiam e as mulheres tentavam impedir o marido de beber. Mas algumas noites ela esquecia as regras. Queria se divertir e pedia que meu pai lhe comprasse uma garrafa de licor de lichia junto com o *pastis* dele, a bebida se chamava Soho. Ficava logo bêbada pela falta de hábito e, uma vez sob efeito do álcool, sempre a mesma cena se reproduzia: ia até a grande cômoda de madeira onde estava o leitor de DVD e punha um disco, o único que ela tinha, uma coletânea do grupo Scorpions.

Ela, que nunca ouvia música, punha-se a assobiar e a cantar. Ela sorria, É a música da minha juventude.

Eu não entendia por quê, mas detestava vê-la feliz, detestava aquele sorriso em seu rosto, sua súbita nostalgia, sua serenidade.

A cena aconteceu, quase exatamente igual, quatro ou cinco vezes na minha infância.

Uma noite, por volta de uma da manhã, eu dormia no quarto ao lado da sala onde ela festejava com meu pai e com os vizinhos, e a música começou, me acordou. Levantei da cama com os olhos ainda meio fechados, a boca seca, entrei no cômodo em que minha mãe estava com os outros, vi a tranquilidade em seu rosto e gritei: Para com essa música! mas dessa vez ela não me ignorou como nas outras vezes. Seus olhos se encheram de lágrimas de raiva, ela desligou a música e gritou: Caramba você não vai me deixar ser feliz nem uma vez nessa minha vida de merda!!!!!! Por que eu não tenho o direito de ser feliz??

Os adultos em volta se calaram. Nem meu pai soube como reagir. Senti o sangue gelar dentro do corpo, mas não me desculpei. Voltei para o meu quarto e me deitei na cama.

Era tão comum vê-la infeliz em casa, a felicidade em seu rosto me parecia um escândalo, uma enganação, uma mentira que era preciso desmascarar o mais rápido possível.

*Era tão comum vê-la infeliz em casa, a felici-
dade em seu rosto me parecia um escândalo,
uma enganação, uma mentira que era preciso
desmascarar o mais rápido possível.*

Papel de parede descolado das paredes, cheiro de fritura, brinquedos espalhados sobre o piso vinílico: a vida no apartamento da sua irmã. Ela me contava, segurando um cigarro: "Claro que eu amava seu irmão e sua irmã, e sempre vou amar, mas confesso que, quando passei por essa situação depois de ter deixado meu primeiro marido e morava no apartamento da minha irmã, eu me perguntava: Por que fui ter dois filhos? Tinha vergonha de pensar assim, você pode imaginar, mas pensava o tempo todo: Por que fui ter dois filhos?".

Alguns meses depois ela conheceu meu pai. Para ela, a única forma de fugir dali era encontrar outro homem. Apaixonou-se, foram morar juntos, tiveram um filho, eu, ela se sentia bem com ele por ele ser *diferente*, mas logo ele virou outra pessoa — ou seja, *como todos os outros*.

Com frequência se recusava a falar com ela por vários dias seguidos, sem motivo. Se alguém tentava dizer alguma coisa, ficava nervoso.

Ela encolhia os ombros, sua vida tinha virado um encolher de ombros infinito: "Não sei por que seu pai é tão lunático assim, com ele a gente nunca sabe o que esperar".

Estava com ele havia apenas alguns anos, mas só falava da relação deles no passado, *No começo ele me levava à praia no domingo, íamos às lojas, ele não era como agora. Convidava os amigos para dançar. Ele usava perfume, e naquela época, sabe, não era como hoje, os homens nunca passavam perfume, não se usava. Mas seu pai, sim. Ele, sim. Ele era diferente. Era tão cheiroso.*

Ele não queria que ela usasse maquiagem, mesmo que ela quisesse desesperadamente, esperava que ela cozinhasse e que cuidasse da casa para toda a família, não queria que ela tirasse carteira de motorista, pelo menos a dissuadia de fazer isso, e sobretudo voltava para casa tarde da noite, ou de madrugada, depois de ter desaparecido por horas, o corpo encharcado de álcool. "É uma palavra que não uso muitas vezes, mas nesse caso acho que posso dizer, seu pai é alcoólatra."

Um dia, na festa da cidade organizada pelo time de futebol local, meu pai gritou com ela na frente de dezenas de pessoas, "Ei, sua vaca gorda, vem cá". Vi os rostos à sua volta se contorcerem de rir. Ela me pediu que voltasse para casa com ela. Chegando em casa, sentada no sofá, chorou. Eu tinha oito anos e era a primeira vez que a via chorar. Ela dizia entre soluços, Não sei por que seu pai precisa me humilhar assim.

Sentia-se humilhada, mas ela não tinha esco-lha, ou pensava que não tinha, a fronteira entre as duas coisas é difícil de definir, e ela ficou com ele por vinte anos.

Ela não realizou seus sonhos. Não conseguiu consertar o que via como a sucessão de acidentes que constituía sua vida. Não conseguiu encontrar uma maneira de viajar no tempo.

Será que estou sendo vítima de uma ilusão? Será que é porque nós dois nos distanciamos dessa violência que vejo o passado dela apenas como uma sucessão de tragédias e privações? Sei também que ela nunca aceitou seu destino. Quando falava de sua formação de cozinheira interrompida pela primeira gravidez, dizia que poderia ter recebido uma ótima educação se não tivesse tido meu irmão: "Todos os meus professores me diziam que eu era muito inteligente, principalmente em geografia". Quando eu perguntava sobre sua família e seus antepassados, ela sempre afirmava que vinha de uma família decadente da grande aristocracia francesa.

Ela tinha certeza de que merecia outra vida, de que essa vida existia em algum lugar, abstratamente, num mundo virtual, de que seria necessário muito pouco para alcançá-la, e de que sua vida só era o que era no mundo real por acaso.

Um dia eu falei, diante de toda a família reunida, que adoraria que a srta. Berthe, professora de história da escola, fosse minha mãe. Eu devia ter onze anos. Meu irmão mais velho, que estava comendo ao meu lado, se assustou: Não se deve dizer essas coisas, é errado!

Antes dessa cena eu não fazia ideia de que era errado querer outra mãe.

Com frequência, quando ela acendia um cigarro, dizia: É por causa de vocês que eu fumo, sou obrigada a fumar com filhos tão estressantes.

Um dia ela passou em frente ao pátio da escola onde eu brincava com Cindy, uma menina da cidade. Cindy me perguntou, É a sua mãe? Eu disse que não, que não sabia quem era aquela mulher.

Então ela estava morando com esse homem que já não amava muito, meu pai. Ele trabalhava na fábrica durante o dia, voltava à noite, ela servia o jantar.

Peter Handke escreveu um resumo do cotidiano de sua mãe na Áustria nos anos 1920: "Pôr a mesa, tirar a mesa; 'Todos têm o que precisam?' Abrir as cortinas, fechar as cortinas; acender a luz, apagar a luz; 'Não deixem a luz do banheiro acesa'; dobrar, desdobrar; esvaziar, encher; ligar, desligar. 'Por hoje, é só'."

Minha mãe vivia a milhares de quilômetros da Áustria, sua vida acontecia cerca de meio século depois, suas condições financeiras eram diferentes, no entanto sua vida era praticamente igual, até mesmo as frases que dizia.

De manhã, quando eu não estava na escola, a via ir fazer compras na mercearia, voltar, fazer o almoço, servir o almoço, tirar a mesa, lavar a louça, limpar a casa, passar roupa, arrumar a cama dos filhos, fazer o jantar durante a tarde, esperar meu pai, nos servir, tirar a mesa do jantar, lavar a louça da noite.

A mesma repetição, os mesmos gestos, essa jornada típica se repetia quase todos os dias sem exceção, a não ser quando ela exigia uma ajudinha minha ou da minha irmã para lavar a louça.

Outra pergunta: será que sou capaz de entender a vida dela se essa vida foi especificamente marcada por sua condição de mulher?

Se sou construído, percebido e definido pelo mundo que me cerca como um homem?

À noite depois da fábrica meu pai ia para o bar com aqueles que chamava de seus *colegas*. Muitas vezes levavam os filhos junto, mas ele não me levava porque tinha vergonha de mim e de meus trejeitos femininos, os trejeitos que me separavam dos outros na escola. Eu ficava em casa com minha mãe e minha irmã mais velha, e foi com elas que cresci.

O que é um homem? A virilidade, o poder, a camaradagem com outros meninos? Eu não tinha nada disso. A ausência do risco de agressão sexual? Eu não estava protegido disso.

Da mesma forma que Monique Wittig afirma que as lésbicas não são mulheres, que elas escapam dessa identidade restrita, a pessoa que eu sou nunca foi um homem, e é essa desordem da realidade o que mais me aproxima da minha mãe. Talvez aqui, nesse não lugar do meu ser, eu possa tentar compreender quem ela é e o que viveu.

Como a vida dela estava privada de acontecimentos, um acontecimento só podia se dar através do meu pai. Ela não tinha mais história; sua história só podia ser, fatalmente, a história dele. Um dia, a fábrica nos telefonou para dizer que um peso havia caído nas costas do meu pai enquanto ele trabalhava. Os médicos avisaram minha mãe que ele ficaria paralisado por muitos anos. Ele não tinha mais salário, apenas alguns auxílios sociais pagos pelo Estado para indenizá-lo. Ela e ele passaram diretamente da pobreza para a miséria, e ela precisou dar banho nos idosos da cidade para ganhar um pouco de dinheiro, trabalho que a deixava exausta e que detestava.

Mas principalmente, por causa dessa situação, meu pai ficava o dia inteiro em casa e ela se sentia sufocada: "Pelo menos antes ele saía durante o dia e eu tinha os dias para mim".

Meu pai sofria, a dor não desaparecia e, como a maior parte das pessoas que sofrem, queria que os outros sofressem junto com ele. Ficava mais agressivo com minha mãe, dava-lhe apelidos ofensivos e os usava na frente dos outros, "montanha", "gordona", "vaca gorda".

Ela era obrigada a ser injusta para se defender: "Ele podia pelo menos arranjar um trabalho, se mexer um pouco. Tenho certeza de que exagera quando diz que sente dor".

Ela me contava as histórias de família ou dos vizinhos, mas eu não ouvia. Reclamava: Para com esse falatório! Não via que ela falava para preencher o tédio, a reprodução exata das horas e dos dias imposta pela vida com meu pai, que para ela, como para mim anos depois, contar sua vida era o melhor remédio que havia encontrado para suportar o peso de sua existência.

Ela tinha certeza de que merecia outra vida, de que essa vida existia em algum lugar, abstratamente, num mundo virtual, de que seria necessário muito pouco para alcançá-la, e de que sua vida só era o que era no mundo real por acaso.

Cúmulo do azar: nesse contexto de miséria e de tensão com meu pai, ela engravidou. Ninguém entendia o que estava acontecendo: ela tinha colocado um DIU para evitar uma nova gravidez havia alguns meses. Os médicos do hospital lhe disseram que ela não esperava um filho, mas dois, gêmeos. Choque. Minha mãe voltou da consulta dizendo que faria um aborto, que ela e meu pai não tinham condições de criar mais dois filhos. Ele ficou irritado, estranhamente, ele que nunca gostou de religião, que associava a Religião ao Poder, como a Escola e o Estado, ele dizia Você ficou louca! Não vamos matar nossos filhos! Aborto é assassinato.

Ela tentou defender seu ponto de vista, mas não pôde fazer nada. Ele decidia, ela cedia. Meses depois, estava no hospital para dar à luz. Precisou ficar ali mais tempo do que das outras vezes por causa de complicações de saúde. Eu não entendia o drama econômico que era para ela a chegada desses dois filhos, o fato de esses dois filhos a ligarem ainda mais a meu pai e tornarem a ideia de uma separação quase impossível. Eu era pequeno, e a única coisa em que pensava, o único sentimento que realmente me dominava era que eu estava feliz porque o hospital ficava nos arredores da cidade, perto de um McDonald's, e que eu podia comer ali todos os dias, porque meu pai, na euforia do parto, aceitava me dar dinheiro e gastava em uma semana todo o auxílio social que nos permitiria viver até o fim do mês.

Da vez em que a privação lhe deu uma vontade louca de participar — foi no ano em que o circo parou por alguns dias na cidade; eu quis ir e, surpreendentemente, ela quis ir comigo. Na noite do espetáculo, um palhaço disse que precisava de um voluntário do público para um truque de mágica. Todas as crianças na tenda levantaram a mão, eu também. Levantei a mão o mais alto que pude, tive medo de que a mão não estivesse alta o bastante e fiquei em pé, estendi o dedo para o alto, dizendo, Eu, senhor, eu, eu pedia, Por favor, por favor, me escolha, e ele me escolheu. Entre as centenas de crianças que estavam ali, foi a mim que ele escolheu: O pequeno ali de cabelo loiro, como você se chama?

EDDY!

Eddy do quê?

EDDY BELLEGUEULE*

Ha, ha, essa é boa.

Foi o que ele respondeu, achando que eu estava brincando.

Não importa, vou chamar você de Perna de Grilo.

Sorri, fui para o meio do picadeiro e ele fez seu truque de mágica — nem me lembro o que era. Quando terminou, me mandou de volta para a plateia, perguntou com quem eu estava e minha mãe levantou o braço. Ele gritou no microfone, Muito bem, minha senhora, estou devolvendo o Perna de Grilo.

Voltamos para casa e no caminho ela ria, repetia a cena, Como a gente se divertiu!

Por meses depois dessa noite, ela falou dela. Tinha, durante alguns minutos, feito parte de alguma coisa, participado da realidade, saído do

---

* Bellegueule significa "Cara bonita", "Bonitão", em francês. [N.T.]

único papel que a vida com meu pai lhe impunha, e pela primeira vez, graças à sua alegria, eu tinha me tornado seu filho.

Na montanha também, durante a temporada paga pela assistência social, a alegria a transformou. Sorria, tentava instaurar entre nós uma cumplicidade que nunca existira: Vamos correr até aquela árvore! O último a chegar paga um sorvete para o outro esta noite!

Ela comentava: Está vendo, fico bem menos estressada e bem mais gentil quando estou sem seu pai; é ele que faz com que eu seja má.

Mas continuando: a chegada dos dois novos filhos. Ter um filho a mais nesse ambiente é adicionar complicações à vida; ter dois a mais, é uma catástrofe. Havia sete pessoas na casa, nós, os cinco filhos, e meus pais.

Nessa configuração, até se alimentar ficou complicado. Uma vez por semana, minha mãe gritava da cozinha "Vamos a Pont-Rémy, ponha o sapato!". Eu sabia o que queria dizer essa frase. Era lá que uma associação distribuía cestas básicas. Minha mãe queria que eu os acompanhasse porque sabia que a presença de uma criança suscitaria a compaixão das mulheres que distribuíam comida e que, me vendo, talvez acrescentassem um pacote de macarrão ou de biscoitos.

A pobreza se impõe sempre com um manual de conduta que ninguém precisa publicar para conhecer: ninguém me falou, mas eu sabia que não devia contar aos outros na nossa cidade sobre as excursões à associação que distribuía comida. Eu não falava disso também com meus pais, íamos lá, pegávamos a comida e voltávamos sem dizer nada, como se aquilo nunca tivesse acontecido.

Na nova situação deles, a agressividade do meu pai alcançou níveis extremos. Ela e ele vinham, na verdade, de frações diferentes da pobreza: todo mundo na família dela era operário fabril, seu pai adotivo, seu irmão, sua irmã. A família do meu pai era bem mais pobre: alcoolismo, deficiências mentais, prisão, desemprego. Por causa dessa diferença, meu pai achava que com a chegada dos novos filhos a família da minha mãe deveria nos dar dinheiro. Como não faziam isso, meu pai se irritava, e às vezes os impedia de vê-los. Ela não sabia dirigir e ele se recusava a acompanhá-la até a cidadezinha onde viviam.

Ele, quando bebia demais: "Sua família é uma família de judeus imundos, merecem uma boa dose de gás".

Minha mãe: "E eu acho tudo isso revoltante, não se pode impedir alguém de ver a família. Por que ele me impede de ver minha mãe?".

Ela não era apenas mãe de cinco filhos, sem dinheiro, sem perspectiva, era também prisioneira do espaço doméstico. Todas as portas estavam fechadas.

O que ela podia fazer? Fazia o que podia para não ficar totalmente sufocada:

Alguns dias olhava meu irmãozinho e minha irmãzinha e sorria: Eles são tão bonitos, os meus pequenos, fiquei muito mal quando decidi tê-los, porque não tínhamos dinheiro, mas hoje não me arrependo. Eles são tão bonitos.

Zombava do corpo das outras mulheres: Essa daí parece uma tábua de passar roupa, totalmente lisa.

Adorava frases feitas, tudo o que possibilitavam dizer em poucas palavras: Não tenho dinheiro, só preocupações! A pobreza não impede a limpeza! Cuidado com o lobo adormecido! Cão que morde uma vez vai voltar a morder.

Mas até nesses momentos eu percebia que a melancolia nunca abandonava seu rosto.

II

Será que é uma coisa em que você pensa com frequência? **Um dia você acreditou que a amizade poderia tirá-la dessa vida** — foi em 2006, você e meu pai estavam na quermesse da cidade e você falou com Angélique. Não se tratava de você conhecer ou não Angélique, era outra coisa. Ela era responsável pela rede elétrica da região. Trabalhava num escritório, fizera dois ou três anos de universidade, e esses detalhes bastavam para separá-la radicalmente de uma família como a nossa; ela não era amiga de gente como nós, e sim de professores, funcionários da fábrica, da prefeitura, de todos aqueles que víamos todos os dias nas ruas e que podíamos cumprimentar, mas com quem nunca falávamos, outra casta — pois todo mundo sabe que, ao contrário do que se possa imaginar, quanto maior a proximidade física, como no interior, mais rígidas são as fronteiras de classe.

Foi meu pai quem se aproximou dela — ele a viu sozinha a poucos metros do grupo de vocês e notou que, além de estar sozinha, ela chorava. Vocês normalmente iam embora cedo da quermesse, mas naquele ano ficaram mais tempo que das outras vezes, a praça da cidade já estava deserta quando meu pai foi até Angélique para perguntar o que estava acontecendo e sugerir que ela fosse à nossa casa beber alguma coisa, para consolá-la — acho que ele gostava dela também, acho que todos aqueles anos foi apaixonado por ela sem confessar, mas não importa, ele sempre teve essa propensão a ajudar os outros, é verdade, você reclamava disso, me dizia sempre que não entendia por que meu pai era tão cruel com a própria família e tão gentil e até generoso com os outros, com os desconhecidos, sempre pronto a ajudar, prestar serviço, a *desenrascar*, como ele dizia, acho que é porque estava oprimido com a vida em casa e queria fazer sua família pagar por ser sua família, por serem os rostos de sua infelicidade, mas essa é outra história. Angélique fez que sim com a cabeça sem dizer nada, eu via as lágrimas em seu rosto, como duas linhas brilhantes e quase paralelas. Meu pai pôs a mão em seu ombro e ela foi conosco até em casa. Sentada no sofá contou a vocês o que estava acontecendo, me lembro de suas frases, como e por que o homem que ela amava acabara de deixá-la, como tinha medo, na idade em que estava, de acabar sozinha e sem filhos. Dizia tudo isso entre soluços e longas inspirações.

Meu pai a abraçou, e você conversou com ela, Angélique. Você disse frases que normalmente são ditas nessas situações, que tudo vai ficar bem, que logo ela ia esquecer, que nunca se deve contar com os homens. Eu olhava para você do sofá e não sabia como descrever o que sentia, aquela fascinação de ter alguém de um meio diferente do nosso em casa, como nas vezes em que o médico passava à noite e nossos corpos mudavam apenas por causa da presença dele, nos portávamos de outro modo, falávamos de outro modo, tínhamos medo de que qualquer gesto revelasse nossa inferioridade social.

Angélique voltou a nossa casa no dia seguinte e no outro também. Aproximava-se de vocês, e você sentiu que ela a levaria para uma outra vida, outros hábitos vindos de outro mundo, formas de vida mais livres e mais suaves. Você ficou imediatamente mais feliz — estou enganado? Quanto mais ela vinha, mais você adotava a vida dela, ela marcou para você ir ao cabeleireiro, sendo que durante anos você cortou o cabelo com a tesoura da cozinha, ela ensinava você a falar expressões novas que a deixavam mais autoconfiante, agora você dizia "perfeitamente" quando alguém falava, lembra? Ela nos apresentava comidas que não conhecíamos, tarama, homus, comidas que nos faziam sentir diferentes e superiores quando as comíamos e quando as comprávamos.

Seu corpo todo mudava. A tristeza a abandonava.

Será que você estava consciente do milagre social que se operava? Daquela súbita possibilidade de sair de si mesma? Acho que sim. Graças a Angélique você se sentia mais forte diante de meu pai, tinha uma aliada, cochichava para mim enquanto pendurava a roupa e eu ia dando os pregadores, *Na minha opinião, Angélique às vezes deve se encher do seu pai, que não sabe falar, não sabe se comportar*.

Não consigo fazer a lista de tudo o que aconteceu graças a ela, por meio dela, vocês iam comprar roupas de baixo juntas no supermercado, iam à praia, *como amigas*, como você dizia. (Comecei sua história querendo contar a história de uma mulher, mas, percebo, sua história é a de uma pessoa que lutava pelo direito de ser mulher, contra a não existência que lhe impunham sua vida e a vida com meu pai.)

Durante esses dois ou três anos de amizade, a depressão de Angélique nunca desapareceu totalmente; ela ainda chorava com frequência, apaixonava-se facilmente. Quando aquele amigo de infância do meu pai, que ele não via fazia quinze anos porque tinha se tornado militar e fora trabalhar numa caserna no sul da França, voltou para a cidade e ia jantar em nossa casa, ela fez de tudo para seduzi-lo. Comprava roupas, maquiagem, fazia as unhas na galeria do supermercado onde a gente ia às compras no sábado à tarde. Quando a história com esse homem não deu certo, apaixonou-se pelo meu irmão mais velho. Ele batia nela, à tarde a encontrávamos com marcas sob os olhos, mas ela se agarrou a ele o máximo possível.

E você continuava a sair com ela durante o dia, nos fins de semana, a rir com ela, a se parecer com ela.

Um dia, porém, tudo isso acabou. Angélique encontrou um homem, ela o amava, ele lhe propôs terem um filho. A melancolia que nunca deixara o corpo dela desde o encontro de vocês na quermesse se esvaiu, e progressivamente ela se distanciou da nossa família. Ia cada vez menos em casa, suas mensagens se espaçavam, não convidava mais você para sair com ela. No início você não entendeu. Dizia que era estranho, mas que devia ser por causa do trabalho, que não era preciso se preocupar. Depois foi obrigada a ver que ela não ia mais a nossa casa, que não atendia mais suas ligações. Uma vez, algum tempo depois do silêncio dela, você cruzou com Angélique na rua voltando da padaria, mas ela nem disse bom-dia. Você suspirou, olhos no chão, o rosto imóvel, Ela nem me disse bom-dia. Não entendo por quê, éramos amigas, não?

Ainda assim você telefonou para ela uma última vez, tentou, e quando ela enfim atendeu, pediu que você a deixasse em paz, Me deixa em paz, Monique.

Ela pôs um fim na relação de vocês. Será que lhe contei? Fui vê-la, na sua casa. Eu também sentia saudade.

Quando ela abriu a porta, senti lágrimas subirem aos meus olhos e perguntei por que havia desaparecido. Ela me explicou que não suportava mais nossa família, os modos à mesa, o jeito de meu pai falar com você, a presença constante e obsessiva da televisão, ela não aguentava mais. A depressão havia transformado sua percepção do mundo, ela se sentia acolhida em nossa casa, mas agora que estava apaixonada e, afirmava, feliz, tudo o que estivera invisível a seus olhos tornara-se insuportável.

É como se, no fundo, a depressão amorosa, um fator psicológico, tivesse tornado porosas as leis comuns da sociologia — o fato de pessoas de um meio frequentarem pessoas de seu mesmo meio, e de não haver quase nenhuma troca possível entre as classes.

Agora acabou. Quando você falava dela, dizia, dando de ombros: De todo modo, não éramos bons o bastante para ela.

Você se sentia abandonada,

você foi abandonada,

você estava sozinha.

III

Não faz muito tempo, você me ligou. Perguntou se eu estava bem, e depois de uma conversa rápida sobre meu irmão menor e sobre o tempo, banalidades, me disse que precisava ganhar dinheiro, para você, para os gastos diários e para as suas saídas — eu não sabia o que você queria dizer com isso, suas saídas. Deixou passar alguns segundos, retomou o fôlego e continuou: "Por isso é que eu preciso de um trabalho. E pensei que poderia fazer faxina na sua casa. Eu iria quando você não estivesse, claro, não ia incomodar você. Eu limpo, você deixa o dinheiro em cima da mesa e eu vou embora".

Eu me obriguei a responder, apesar da surpresa. O que eu podia dizer? Tentei ainda assim, disse que não era possível. Disse também que podia lhe dar algum dinheiro se você estivesse precisando, mas você insistia, Não, não, não estou pedindo esmola. O que eu preciso é de trabalho. Pense bem.

Quando eu era criança com você, na nossa cidade, e via pessoas privilegiadas, o prefeito, os pequenos castelões, os donos da farmácia, da mercearia, na maioria das vezes eu os odiava, porque via neles todos os privilégios aos quais eu não tinha acesso.

Odiava seus corpos, sua liberdade, seu dinheiro, a naturalidade de seus gestos.

Se você pediu para ser minha faxineira naquele dia, quer dizer que me tornei esse corpo?

Será que me tornei o corpo que eu odiava?

A história da nossa relação começou no dia da nossa separação. É como se tivéssemos invertido o tempo, você e eu, como se a separação tivesse precedido a relação, como se tivesse definido suas bases.

Tudo desmoronou no meu primeiro ano no liceu. Fui a única pessoa da família a começar a estudar. Lá, no liceu, fui brutalmente confrontado com um mundo que eu não conhecia. Aqueles que se tornavam meus amigos liam livros, iam ao teatro, às vezes até ao Opéra. Viajavam. Tinham modos de falar, de se vestir, de pensar que nada tinham a ver com o que eu havia conhecido com você. Entrei no universo daqueles que você sempre chamou de *burgueses* e logo quis ser como eles.

Quando eu voltava à nossa cidade, nas primeiras vezes, queria mostrar a você que pertencia a um novo grupo agora — isto é, o que estava se tornando a distância entre a minha vida e a sua. Era principalmente pelo vocabulário que eu marcava a diferença. Aprendia novas palavras no liceu e essas palavras se tornavam o símbolo da minha nova vida, palavras sem importância, *bucólico*, *fastidioso*, *laborioso*, *subjacente*. Eram palavras que eu nunca tinha ouvido. Usava-as na sua frente e você se irritava, Para com esse seu palavrório de ministro! Você dizia O outro depois que foi para o liceu pensa que é melhor do que nós.

(E você tinha razão. Eu dizia essas palavras porque me achava melhor do que vocês. Desculpe.)

De uma hora para outra todas as conversas com você passaram a ser brigas. Quando você apontava para alguma coisa e me dizia Oia, em vez de Olha, como eu tinha feito desde os primeiros anos da minha vida, como sempre fizemos, eu corrigia você: É olha que se diz, não oia. Quando você começava uma frase com Se eu ter, eu corrigia, Se eu tiver, você está falando errado!

Dizia frases exóticas para você, diretamente importadas do mundo que eu agora frequentava: *Está quase na hora do chá, você sabe onde deixei meu jornal?* Dava conselhos: *Por que você não põe um pouco de música clássica para os meus irmãos ouvirem, Mozart ou Beethoven? É muito bom para o cérebro, sabe.* Você arqueava as sobrancelhas, Esse aí está ficando louco de vez. Criei cinco filhos, não vai ser ele quem vai me ensinar como educar as crianças.

(Com frequência você não existia mais, desaparecia da minha lembrança. Eu vivia minha vida no liceu como se nunca a tivesse conhecido.)

A maioria das pessoas que contam a trajetória de transição de uma classe social para outra relata a violência que sentiram — por inadequação, por desconhecimento dos códigos do mundo em que entravam. Eu me lembro principalmente da violência que eu infligia. Queria usar minha nova vida como uma vingança contra a minha infância, contra todas as vezes em que vocês me obrigaram a ver, meu pai e você, que eu não era o filho que queriam ter tido.

Eu me tornava um desertor de classe por vingança, e essa violência se somava a todas aquelas que você já tinha vivido.

A vez em que ela foi chamada ao liceu para assinar documentos — eu já disse antes, no colégio sempre consegui evitar que ela fosse comigo, por medo que passasse a me conhecer, por temer uma aproximação, mesmo ínfima, com ela. No liceu também não queria que ela fosse, mas já não pela mesma razão, eu experimentava um novo sentimento, e esse sentimento me levava a inventar estratégias para afastá-la: não queria que os outros a vissem, e que vissem, através dela, outra pessoa em mim, meu passado, minha pobreza.

Não queria que os outros soubessem que minha mãe não era parecida com a deles, que minha mãe não estudara, não viajara, não tinha roupas tão bonitas quanto as de suas mães, que não era sorridente e esbelta como suas mães. Eu tinha conseguido esconder sua existência, mas um dia o liceu me disse que não havia escolha, ela precisava ir. Encontrei-a na cozinha fazendo palavras cruzadas e disse que ela precisava ir de trem comigo para o liceu. Ela começou dizendo que não seria possível, como sempre, que estava muito ocupada com o trabalho em casa, e então, depois de eu insistir muito, ela mudou de ideia.

Dias depois, eu estava com ela no vagão de banquetas listradas de azul e cinza, indo para Amiens, onde ficava o liceu. É bobo, mas eu tinha medo de ser visto pelas pessoas que eu conhecia, aquelas do meu novo mundo.

A duzentos ou trezentos metros do lugar onde ela era esperada para assinar os documentos, eu lhe disse, Atenção, por favor, não ponha os dedos no nariz quando falar e tente falar direito, senão vou ficar envergonhado, as outras pessoas têm mães que falam direito.

Ela parou na calçada e me olhou: Você é mesmo um merdinha. Dava para ver o nojo em seu rosto.

O dia todo ela andou ao meu lado em silêncio.

No trem de volta, eu estava a um metro dela, mas me sentia a centenas de quilômetros do seu corpo. Ela olhava pela janela a passagem de campos e florestas. Quebrando o silêncio, perguntou Foi tudo bem, não envergonhei muito você?

Quando eu era criança, sentíamos vergonha juntos — de nossa casa, de nossa pobreza. Agora eu estava envergonhado de você, por causa de você.

Nossas vergonhas se separaram.

*

A vida continuava, e para ela a vida continuava parecendo uma luta contra a vida. Meu irmão e minha irmã mais novos tinham catorze anos e já começavam a se afastar da escola, a não ir mais às aulas, suas notas em todas as matérias despencavam. Ela sabia que sem diploma a vida deles seria igual à dela e se desesperava, "Mesmo eu pressionando e dizendo para irem à escola, eles não querem. Ontem perguntei Vocês vão querer contar moedas como eu a vida inteira? Mas eles se irritam quando eu falo isso. O que eu posso fazer?".

Meu irmão menor mergulhava em uma forma de vida radicalmente contemporânea que ela não conhecia, para a qual não tinha nem vocabulário nem remédio. Ele acordava de manhã às dez e ligava seu video game. Jogava o dia todo até de madrugada. Descia apenas uma vez por dia até a cozinha para pegar sua comida. Não comia com a família, levava o prato para o quarto. Estava engordando, não tinha amigos, seu rosto se desvanecia em tons acinzentados.

Meu irmão mais velho, por sua vez, afundava em seus problemas com álcool. Batia na mulher com quem vivia, como fizera com Angélique, ela telefonava para a minha mãe no meio da noite para avisar que na próxima vez ia dar queixa.

Quando falava comigo sobre isso, minha mãe tentava com todas as forças negar as evidências: "Vi seu irmão mais velho ontem e acho que está tudo bem, ele me prometeu, vai parar de beber". E então ele recomeçava, bebia, ficava violento, e ela recomeçava também, recomeçava a mentir para si mesma, como num ciclo infernal: "Sei que ele exagerou, mas foi a última vez, agora ele entendeu, deu um basta, não vai beber mais. Eu o vi, tive uma boa conversa com ele, e ele me jurou que nunca mais vai tocar numa gota de álcool".

Obstinava-se em negar a realidade, mas eu percebia, ela enxergava no destino dos filhos a repetição infernal dos mecanismos que haviam destruído sua própria vida, como o ciclo inquebrável de uma maldição.

Dizia às vezes rindo: Monica Bellucci é a tradução em italiano de Monique Bellegueule. Monique Bellegueule, Monica Bellucci. Sou a Monica Bellucci francesa. Jogava o cabelo para trás ao dizer isso, como uma atriz de cinema.

Sobre sua família aristocrática imaginária, ela explicava: "Meu bisavô era um nobre, mas um dia se apaixonou por uma peixeira e a família deserdou ele. Ele escolheu o amor em vez do dinheiro. Eu deveria ser nobre, tenho sangue azul. É uma pena".

Quando lhe contei sobre minha homossexualidade, ela respondeu, inquieta, Espero que pelo menos você não seja a mulher na cama!

Agora essa é uma história que me faz rir.

O dia do incidente — eu tinha dezesseis anos, tentava voltar o menor número de vezes possível para casa durante o ano escolar, dormia na casa de meus amigos em Amiens, mas no verão eu voltava por quatro semanas, às vezes mais, para trabalhar como animador infantil no centro de lazer da cidade.

Naquele dia, por volta das dez da manhã, eu criava coreografias com um grupo de meninas e de repente senti uma dor violenta na barriga. Uma menininha se aproximou de mim, me abraçou, mas até a ação de suas mãos sobre mim doía, eu não aguentava mais nada; sentei-me no chão, sem fôlego. A dor apareceu subitamente, não houve nenhum sinal que pudesse anunciar o que estava acontecendo. A diretora do centro de convivência que estava ali se ajoelhou ao meu lado, disse para eu voltar para casa e chamar um médico — talvez ela tenha dito que chamaria um e eu não quis, não sei mais.

Andei cerca de trezentos ou quatrocentos metros até em casa; minha barriga doía cada vez mais; já em casa, no sofá, vi que meu cabelo estava molhado, minhas costas também, eu transpirava.

Você via televisão no cômodo em que eu estava. Só você estava em casa, e eu disse que não me sentia bem. Pedi que ligasse para um médico ou para o Samu, mas você não quis. Deu uma tragada no cigarro e me disse que não era nada.

Percebi o que estava acontecendo: para você eu exagerava a minha dor porque agia como as pessoas da cidade, aquelas com quem queria me parecer desde que passei a frequentar o liceu em Amiens, os privilegiados. Em nosso mundo a medicina e a relação com os médicos sempre foram consideradas um modo de os burgueses se sentirem importantes, tendo um cuidado minucioso e extremo consigo mesmos. No fundo, acho que você viu essa cena como o prolongamento de todas as outras desde o início da nossa separação, como a minha forma de manifestar uma distância de classe, de agredi-la. (E como eu poderia culpá-la, já que era verdade, que era uma guerra que eu travava contra você?)

Mas a dor não passava; acabei me levantando do sofá e disse que ia procurar um médico. Cheguei perto da porta, abri e você me deixou sair, sem dizer nada, sempre segurando um cigarro entre os dedos. No médico, ele me auscultou e disse que meu apêndice estava prestes a explodir.

Passei duas semanas no hospital, o apêndice estava infeccionado e a infecção se espalhou pelo meu corpo. As enfermeiras me disseram: Mais algumas horas e você poderia ter morrido.

A distância social tinha contaminado de tal modo nossa relação que você só me via como instrumento de uma agressão de classe, e essa situação quase me matou.

Mas a distância continuava a aumentar, inexoravelmente. Depois do liceu, entrei na universidade, na mesma cidade, Amiens, e nossa incompreensão mútua alcançou níveis inéditos.

Há separações que são mais brutais do que rupturas: não brigamos mais do que das outras vezes, ela e eu, não houve gritos nem portas batendo, simplesmente não tínhamos mais nada a nos dizer. Nas poucas vezes em que eu falava com ela ao telefone, eu a ouvia e concluía que sua vida já estava determinada para sempre, antecipadamente:

suas idas e vindas à mercearia da cidade, a preparação das refeições, seus filhos que reproduziam sua vida, o tédio do interior, a maldade do meu pai com ela. Ela tinha cerca de quarenta anos apenas, mas nada mais podia acontecer. E foi justamente quando formulei essa ideia que tudo mudou.

IV

Uma noite, no ano seguinte à minha quase morte, meu telefone tocou. Sua voz ressoou na escuridão em torno de mim: "Pronto. Eu consegui". Eu estava lendo no sofá e fiquei surpreso ao ver seu número no visor. Ela falava rápido, a voz ofegante, com a excitação de uma adolescente. Era minha mãe, mas de repente parecia mais jovem do que eu.

Logo entendi do que se tratava e respondi, também excitado: "Conta! Como aconteceu?". Ela recuperou o fôlego: "Como sempre ele não voltava, você conhece ele. Bom. Tinha saído desde nem sei que horas, eu tinha feito comida, e estava esperando. Mas aí eu disse para mim mesma: Acabou. Não vou mais esperar. Nunca mais vou esperar ele. Cansei de esperar".

(Fiquei orgulhoso de você. Será que lhe disse isso?)

Ela continuou, "Então pus todas as coisas dele em sacos de lixo e joguei na calçada. Assim. Não conseguia parar. Ele voltou e tentou abrir a porta, mas eu tinha passado todas as trancas. Ele bateu nas paredes, nas janelas, gritou. Eu conheço ele, na minha opinião ele sabia muito bem o que estava acontecendo. Eu disse por trás da porta para ele não voltar nunca mais. Ele perguntou, Nunca mais? Eu repeti, Nunca mais. Ele chorou, mas eu disse pra mim mesma Nada de ceder. Nada de ceder. Chega de ceder".

Ela falava como se me contasse o desenrolar de uma fuga ou de um roubo que tivéssemos planejado juntos, pacientemente, secretamente, durante meses e anos.

Depois que passei a não morar mais com ela, via apenas violência em sua vida. Em meu novo mundo, as mulheres não eram tratadas como minha mãe era e como fora, ou como outras mulheres da nossa cidade eram tratadas. Nunca tinha visto um homem insultar sua mulher na frente dos outros em Amiens, nunca tinha visto rostos inchados como o da minha irmã depois das brigas com o homem com quem ela vivia, ou como o rosto de Angélique depois das brigas com meu irmão. Eu não conhecia ninguém no liceu ou na universidade que pudesse dizer como eu podia dizer: Minha irmã apanha do homem com quem ela vive e meu irmão bate na mulher com quem ele vive.

(Claro que também havia violência contra as mulheres em Amiens, mas não a mesma e, se fosse o caso, não de maneira sistemática.)

Era como se, em contato com os corpos da burguesia de Amiens, eu pudesse ver o mundo da minha infância, a posteriori, pela diferença entre os mundos. Aprendi a ver a violência ao me distanciar dela, e a via em todos os lugares.

Eu achava que ela devia se apressar. Quando falava com ela, nas poucas vezes em que fiz isso depois que fui embora da nossa cidade, encorajava minha mãe a deixar meu pai. Dizia que ela não podia desperdiçar a vida com um homem que a fazia infeliz e a humilhava. Ela respondia "Vou fazer isso, quero fazer, mas agora não posso, é muito difícil com seus irmãos". (*Não me dava conta de que era verdade, não via essas dificuldades que se apresentavam para você.*) Eu insistia, repetia que ela não devia esperar, que a urgência era a da sua liberdade, que depois ela cuidaria de meus irmãos, e ela respondia, "Sim, em breve, você vai ver, em breve".

Naquela noite em que acabou fazendo isso, quando me ligou, concluiu seu relato com uma voz triunfante e vaidosa: "Viu, não falei que eu ia fazer isso? Já tinha feito com meu primeiro marido, podia fazer uma segunda vez. Eu sabia que podia fazer uma segunda vez".

Nossa distância nos reaproximara.

É estranho, nós dois havíamos começado a vida como perdedores da História, ela a mulher, e eu o filho dissidente, monstruoso. Porém, como numa equação matemática, numa reversão perfeitamente simétrica das coisas, os perdedores do mundo que compartilhávamos tornaram-se vencedores, e os vencedores, perdedores. Depois da separação, o estado de saúde do meu pai se deteriorou. Ele ficou isolado, mais pobre ainda do que quando vivia com ela. Ele, que tivera todo o poder sobre nós na primeira parte de sua vida, se viu destituído de tudo, a tristeza nunca mais deixou seu rosto. Tudo que era sua força virou fraqueza: o álcool que ele bebera a vida toda arruinou seu corpo, a recusa em se cuidar durante toda uma vida, quando dizia que os remédios eram bons para as mulheres, enfraquecera seus órgãos, os anos de trabalho na fábrica e depois como varredor, quando dizia que era o homem que tinha que sustentar a casa, haviam triturado suas costas.

Minha mãe começou a me telefonar várias vezes por mês. Ela me dizia: "Se você visse como sou livre agora! Você não me reconheceria".

Da vez em que ela recebeu o envelope colorido — eu tinha doze anos. Dentro dele havia uma carta, endereçada diretamente a ela, com seu nome no alto: CARA MONIQUE, VOCÊ FOI SELECIONADA PARA UM SORTEIO EXCEPCIONAL. RESPONDA A ESTA CARTA E VOCÊ GANHARÁ A INCRÍVEL QUANTIA DE 100 000 EUROS. Nós nos olhamos de olhos arregalados. Ela torceu o lábio e me disse,

Parece verdade, né? Se fosse um golpe não teriam posto meu nome. Não saberiam. Eu disse que concordava com ela, seu raciocínio havia me convencido, e a encorajei a responder. Enquanto ela preenchia o formulário do meu lado, eu sentia a adrenalina aumentando em nós dois. Ela preenchia os quadradinhos um por um com cuidado, nome, sobrenome, endereço, vi que caprichava nos volteios do L e do J, tentando produzir a letra mais bonita e mais caprichada possível. Entre um quadradinho e outro, olhava para mim e sussurrava, Imagina se ganharmos os cem mil! Fez com que eu prometesse não contar nada a meu pai. Ela sabia que ele se zangaria se descobrisse, e jurei que, claro, não diria nada a ele, estava feliz de poder esconder alguma coisa dele com o consentimento dela, como se estivesse entrando no mundo dos adultos.

Alguns dias depois peguei a correspondência que acabara de chegar e reconheci no montinho um novo envelope colorido. Corri até ela, gritando Ai meu Deus Ai meu Deus Ai meu Deus Ai meu Deus. Ela abriu o envelope, seus dedos tremiam. A carta dizia, VOCÊ ESTÁ MAIS PERTO DO QUE NUNCA DOS 100 000 EUROS, MONIQUE!

Envie um cheque de cinco euros para ter seu nome duas vezes na urna do sorteio e assim multiplicar sua chance de GANHAR. Ela mordeu o lábio inferior com a ponta dos dentes, Acho que vale né? Se ganharmos cem mil, vale a pena perder cinco. Eu balançava a cabeça feito um louco, Sim, sim, manda. Ela mandou o cheque e alguns dias depois recebemos uma nova carta que pedia um novo cheque para talvez ganhar uma televisão enorme, de alta definição, ENQUANTO AGUARDA O GRANDE SORTEIO. Enviamos, e depois outro, e mais outro. A cada nova correspondência, sentia meu ritmo cardíaco acelerar, mas depois da quarta ou quinta carta pedindo mais um cheque, ela entendeu, e eu entendi junto com ela, que tudo não passara de um golpe. Ela suspirou, Bom acho que a gente se deu mal. Ou então lemos errado, eram eles que nos pediam cem mil euros em cheques de cinco. Ainda fiquei uns dias imaginando como nossa vida poderia ser com os cem mil euros e depois nunca mais pensei nisso.

Uma hipótese: o que eu acho é que se a nossa reaproximação desses últimos anos não tivesse acontecido, reaproximação que começou com a nossa separação, eu não teria me lembrado dessa história. Foi porque a nossa relação mudou que eu hoje posso ver nosso passado com indulgência, ou melhor, fazer renascer os fragmentos de ternura no caos do passado.

Nossa reaproximação não mudou apenas o futuro dela, mas também transformou nosso passado.

*

Ela procurou um emprego. Precisava compensar a queda de renda causada pela separação do meu pai, então voltou a dar banho nos idosos da cidade. Ela afirmava: "Não sou faxineira, viu, sou cuidadora, é quase uma enfermeira".

A importância das diferenças minúsculas, o medo de estar na parte mais baixa da escala social, a vontade de não exercer as profissões mais desvalorizadas socialmente, os afazeres cujos nomes evocam imediatamente a miséria e a pobreza: faxineira, caixa, lixeiro, varredor.

Em alguns dias, o terror das pequenas diferenças se transformava em raiva: "As enfermeiras pensam que são muito importantes com seu diploma, elas se acham, mas no fundo faço a mesma coisa que elas, faço até muito mais".

E também reclamava de não ter muito trabalho. Esse trabalho que ela detestava quando vivia com meu pai, por ser um componente de sua vida sofrida, de repente se tornou um dos instrumentos de sua libertação. Todas as palavras, todas as realidades mudavam de sentido.

Ela havia deixado meu pai já fazia muitos meses e morava com meus irmãos menores numa habitação social, nos limites da cidade, para onde fora realocada pela assistência social. Contava, entusiasmada: Tem quartos em cima! Seu irmão e sua irmã têm cada um seu quarto.

Gabava-se: Você viu como sei me virar, encontrei uma habitação social na mesma hora. Seu pai não ia saber fazer isso!

Como dizer sem parecer ingênuo ou sem recorrer a uma frase feita, idiota: Fiquei emocionado ao ver você feliz.

Como em todas as metamorfoses, o desenrolar da sua forjou-se em um encontro. O encontro ocorreu numa noite, na casa de uma amiga da nossa cidade que a convidara para seu aniversário. O irmão dessa amiga estava lá, minha mãe nunca o tinha visto; ele morava em Paris, onde era zelador.

Ele tentou seduzir minha mãe a noite toda e ela não procurou resistir, pelo contrário, queria ter uma aventura e o encorajou a continuar, mas avisou: Não deixo mais os homens me enganarem!

Eles se reencontraram. Ele adorava o jeito alegre e festivo da minha mãe, sem saber que essa personalidade acabara de desabrochar, que durante vinte anos fora sufocada.

Ele pediu que ela se mudasse com ele para Paris, mas ela não aceitou. Queria ter certeza de que o conhecia, "Já me deixei levar por dois homens, não vai acontecer uma terceira vez! Amo demais minha liberdade. Agora que tenho, não a deixo mais".

Os dois se aproximaram, ela entendeu que ele não seria como meu pai ou como seu primeiro marido: "Com ele sou eu que comando. Eu dou as cartas".

Em sua vida, o amor sempre foi um espaço em que ou se comandava ou se era comandada, não um espaço de suspensão das relações de poder.

Na televisão ela ouviu uma comentarista falar sobre seu "orgulho feminino" e passou a usar essa expressão para explicar todas as suas escolhas e decisões. À sua maneira, ela se tornava um sujeito político.

Eu a encorajava a abandonar o papel de mãe. Meu irmão menor, que tinha dezoito anos, ainda morava com ela, não estudava, não trabalhava, continuava passando mais de dez horas por dia jogando video game.

Minha mãe suspirava, "Não posso levá-lo comigo para Paris, mas também não quero deixá-lo sozinho. Não sou como as mães que abandonam os filhos".

Eu dizia que ela só devia pensar em si mesma, que, mesmo sendo seu filho, ele era um homem e ela não podia deixar que mais um homem arruinasse sua vida. Eu havia acabado de entender que um filho diante de sua mãe, mesmo sendo um filho, continua sendo um homem diante de uma mulher.

Ela hesitava, "Sim, mas o que ele vai fazer? Não posso deixar meu menino sozinho". Estava tentada pelo chamado da liberdade, mas ainda se sentia responsável. Eu insistia, "Meu irmão vai se virar. Você conquistou o direito de ser egoísta agora".

Um ano depois, ela foi viver em Paris,[*] onde eu também morava e onde continuava meus estudos iniciados em Amiens. Quando fui encontrá-la pela primeira vez na rua para onde ela acabara de se mudar, não acreditei na pessoa que ela havia se tornado, e que eu tinha agora diante de mim. Nada nela se parecia com a mulher que era minha mãe. Seu rosto estava maquiado, seu cabelo tingido. Usava joias. A distância de algumas semanas da cidadezinha e do que fora sua vida por muito tempo bastara para transformar radicalmente sua aparência. Ela viu a surpresa em meus olhos e disse — como sempre, teórica de si

---

[*] Ela tinha razão não somente sobre ela, mas sobre meu irmão também. Uma metamorfose engendra outras. Depois que ela foi embora, ele encontrou um lugar para morar, amigos, novas ocupações. Ele me disse um dia Eu me transformei, tinha virado um zumbi.

mesma: "Viu, não sou mais a mesma! Agora sou uma verdadeira parisiense". Sorri, "Sim, é verdade. É verdade, você é a rainha de Paris".

Ela me abraçou e me deu um beijo no rosto.

Até você conhecer Catherine Deneuve. Eu me tornara escritor e fui convidado a assistir a uma filmagem em que ela estava presente. Em determinado momento, um homem atrás de mim anunciou uma pausa e me perguntou se eu gostaria de falar com Catherine Deneuve. Eu disse que sim e o acompanhei; quando me vi diante dela, com medo de lhe dirigir a palavra, procurei conscientemente uma frase, alguma coisa para dizer que não fosse nem séria demais nem fútil demais, e pensei em você, você que a admira e que ao mesmo tempo não poderia ter tido uma vida mais diferente. Eu disse que você morava perto da casa dela; achei que era um comentário leve, que evitava as generalidades ou as banalidades sobre política e atualidade.

Catherine Deneuve arqueou as sobrancelhas; vi que ela estava surpresa e contei sobre sua metamorfose, sua chegada a Paris para viver com seu companheiro zelador. Ela sorriu e, entre duas tragadas do cigarro, me disse que um dia lhe faria uma visita.

Alguns dias depois, você me ligou, "Advinha com quem acabei de fumar um cigarro!!!! Catherine Deneuve!!!!".

Não achei que ela fosse fazer isso. Pensei que tivesse dito que lhe faria uma visita apenas por educação, para dizer alguma coisa, para evitar o constrangimento de uma primeira conversa.

Você me contou por telefone que Catherine Deneuve tinha ido até a porta da sua casa e sugerido fumarem um cigarro e conversar, "Eu ficava olhando discretamente em volta durante a conversa, porque esperava que o maior número possível de pessoas me visse falando com ela. Queria que todo mundo soubesse que Catherine Deneuve estava conversando comigo".

Eu nunca tinha visto tamanha agitação em sua voz, como se aquela interação com uma artista que você admirava desde a juventude tivesse representado e sintetizado todos os esforços que você fizera por sua metamorfose. Você disse isso, com a expressão séria: "Eu me deixei enganar a vida toda, mas agora estou em Paris e conheço Catherine Deneuve".

Em Paris, ela começou a dizer frases novas que refletiam sua nova existência, *Fui passear no jardim de Luxemburgo hoje, Bebi uma coisinha em um café perto de casa.*

Não sei se ela sentia dentro de si a revolução que a simples possibilidade de pronunciar essas frases constituía, frases que quando cheguei a Paris associei ao mundo intelectual e burguês, aos privilegiados, às *Memórias* de Simone de Beauvoir e, portanto, ao oposto radical de tudo o que ela tinha sido.

Quando falava da nossa cidade, ela suspirava, "Ah, a mentalidade do interior! Nunca mais na minha vida eu poderia morar no campo agora que estou na cidade, isso é certo".

De repente, a felicidade lhe devolveu a juventude. Ela que, quando morávamos juntos, falara dessa época da sua vida apenas nas duas ou três vezes em que a vi bêbada, quase que por acaso, começou a fazer longos relatos de como ia a boates com amigas na adolescência, antes de seu casamento aos dezoito anos, de como tinha conhecido um de seus melhores amigos lá, na pista de dança, que era *como eu*, isto é, homossexual.

Eu não entendia por que ela não tinha me dito isso antes, na minha infância, na época em que eu queria morrer por ser como era, porque me sentia doente e anormal.

Ao ouvi-la me contar essas novas histórias eu me lembrava da mulher que minha mãe tinha sido em seus anos na cidadezinha,

Quando atravessava as ruas em sua bicicleta, a silhueta apagada pela neblina, seu corpo emoldurado pelas paredes de tijolos, envolvido pelo cinza do Norte,

Quando usava seu casaco vermelho grande demais, porque ele era do meu pai e ela não tinha dinheiro para comprar outro, as mangas escondendo suas mãos, o capuz dissimulando seu olhar

Quando ela sabia que as mulheres da cidadezinha reunidas na praça da prefeitura zombavam dela todos os dias por causa do casaco grande demais, mas ela dizia que não ligava

Quando essas mulheres e sua maldade eram seu único horizonte

Quando, à tarde, ela dormia na frente da televisão depois da faxina, a casa totalmente silenciosa, o cheiro dos produtos de limpeza e da umidade pairando sobre o silêncio

Quando ela desapareceu na vida doméstica

Sou uma escrava nessa casa

Quando me batia, levada pela raiva, e eu via que cada tapa que me dava lhe fazia bem (uma ou duas vezes em toda a infância)

Quando tossia por causa do cigarro

Quando gritava

Quando andava

Quando sonhava

Quando reclamava que meu pai só lhe dava eletrodomésticos, aspiradores, fritadeiras de aniversário

Eu não passo de uma empregada, afinal

Quando eu pensava: Não a conheço

Quando ela me destruía

Quando me dizia, entre a repulsa e a irritação, *Você não pode ser um pouco normal de vez em quando?*

Quando me mandava pedir um pacote de macarrão para minha tia porque não tínhamos mais nada para comer

Quando encolhia os ombros e dizia, Que vida de merda a gente tem

Quando assim mesmo ela ria

Quando falava de Angélique com lágrimas nos olhos

Quando dizia que teria adorado ser lésbica para viver uma vida sem homens

Quando ela sofria

Quando recebia intimações judiciais por causa do meu irmão mais velho

Quando repetia, mais uma vez, Que vida de merda a gente tem

Quando ela sofria

Ela viu a surpresa em meus olhos e disse: "Viu, não sou mais a mesma! Agora sou uma verdadeira parisiense". Sorri, "Sim, é verdade. É verdade, você é a rainha de Paris".

A libertação continuava. Ela vivia sua nova existência fazia seis meses. Nas tardes em que eu a encontrava, uma vez por mês ou a cada dois meses, ela aparecia sempre de roupa nova, sorridente. Não eram roupas de boa qualidade ou especialmente luxuosas, mas pouco importa, ela estava feliz de ter se tornado uma mulher que comprava roupas, de fazer, como ela mesma dizia, *o que todas as outras mulheres fazem*: se maquiar, se cuidar, se pentear.

Para algumas pessoas, a identidade feminina é claramente uma identidade opressiva; para ela, tornar-se mulher foi uma conquista.

Numa noite dessa nova vida, levei-a ao bar de um hotel de luxo, um palácio mesmo, para agradá-la. Entrei com ela e nos sentamos ao lado de uma imensa lareira. Uma mulher pegou nossos casacos, um homem com um guardanapo branco pendurado no braço nos serviu. Eu via que ela estava tensa e que tinha medo de fazer algo errado. Pediu o mesmo coquetel que eu, prestava atenção nos meus gestos e nas minhas atitudes. Imitava-os, sem dúvida achando que eu conhecia aquele mundo e aqueles códigos. Ela respondia, dizendo "Perfeitamente perfeitamente, realmente realmente" a todas as minhas frases, desempenhava um papel. No entanto, e é aí que eu queria chegar, eu via acima de tudo sua alegria de viver aquele momento, de estar naquele templo do luxo e, assim, roubar uma vida que não deveria ser a sua. Ela dizia, franzindo os olhos, "Até que a gente está se saindo bem, nós dois". Depois dos drinques, quando a acompanhei até sua casa, ela me disse "Podemos fazer isso de novo logo? Quero me divertir!".

Outra vez, a convidei para jantar no dia do seu aniversário num restaurante no alto da torre Montparnasse. Eu havia comentado com meus amigos que tinha medo de ela se sentir intimidada com o lugar e que não conseguisse aproveitar — isso havia acontecido com meu pai um ano antes, convidei-o para ir a um restaurante que servia carne grelhada, porque sabia que era o que ele preferia, mas quando ele abriu o cardápio, recusou-se a pedir os melhores pratos, os que eu aconselhava, chocado com os preços. Pediu um simples hambúrguer, o prato mais barato do restaurante, repetindo que não queria que eu gastasse muito dinheiro. Tive medo de que minha mãe fizesse a mesma coisa, mas quando o garçom nos deu os cardápios, ela escolheu foie gras, lagosta e me sugeriu bebermos champanhe, Vamos beber uma tacinha? Ela não queria perder aquela chance de viver outra vida.

Roland Barthes: "Seu sonho (confessável?) seria transportar para uma sociedade socialista certos encantos [...] da arte de viver burguesa. Opõe-se a esse sonho o espectro da Totalidade, que exige que o fato burguês seja condenado em bloco e que toda escapada do Significante seja punida como um passeio do qual se traz a mácula. Não seria possível gozar da cultura burguesa (deformada), *como de um exotismo*?".

Nessas noites no hotel de luxo ou no alto da torre Montparnasse, foi esse exotismo que compartilhei com ela.

O que significa mudar?

Há no que sei dela hoje dezenas de imagens e fatos que contradizem a história simples de uma metamorfose feliz. Ela nunca visitou outros países, apenas a França, continua comprando comida em supermercados populares na periferia de Paris, não ganha dinheiro e, portanto, depende parcialmente do homem com quem vive, não consegue se relacionar com as pessoas de seu bairro, as mulheres da burguesia de sua rua que a olham com condescendência. Ela admite: Tem dias que fico entediada, não tenho amigos aqui. Aqui as pessoas não são como nós.

Será que uma mudança é realmente uma mudança quando fica circunscrita dessa forma pela violência de classe?

No entanto. No entanto, ela está feliz. Sempre diz isso para mim. Não sei mais o que ou como pensar. Talvez a questão não seja saber o que significa mudar, mas o que significa felicidade. Não encontro resposta, mas sei que a existência da minha mãe hoje, o que ela se tornou, me força a enfrentar a pergunta.

Minha mãe mudou de sobrenome, como eu. Ela não queria mais se chamar Bellegueule, o nome que ganhei quando nasci e que compartilhei com ela, um nome pesado, popular. Escolheu para si mesma um sobrenome composto do sobrenome de solteira de sua mãe e do de seu pai adotivo. Quando me mostrou sua nova carteira de identidade, me disse "Parece nobre, né?".

Comprou romances água com açúcar nos supermercados. Não queria mais ver televisão, ela que na minha infância tinha visto todos os dias. "Na TV só tem bobagem."

Conjugou sua vida no futuro pela primeira vez: "Daqui a dez anos, quando ele — seu companheiro — não trabalhar mais, vamos comprar um trailer e morar em toda a França, vamos viajar. Sempre sonhei com uma vida de viagens".

Uma última lembrança. Há alguns meses, no jardim de um salão de chá onde propus encontrá-la, ela me contou que quando eu tinha seis anos minha professora a chamou. A professora queria lhe dizer — pelo menos é o que ela afirma — que achava meu comportamento diferente do das outras crianças, que eu expressava sonhos e desejos grandes demais, ambições anormais para uma criança da minha idade. Dizia que as outras crianças queriam ser bombeiros ou policiais, mas que eu falava em me tornar rei ou presidente da República, que jurava que quando fosse adulto levaria minha mãe para longe do meu pai e compraria um castelo para ela.

Eu adoraria que esta história da minha mãe fosse, de algum modo, a morada onde ela pudesse se refugiar.

Citações

Peter Handke, *Le Malheur indifférent*, tradução do alemão (Áustria) de Anne Gaudu, Gallimard, coleção Du Monde Entier, 1975.

Roland Barthes, *Roland Barthes par Roland Barthes* (1975), Seuil, coleção Points Essais, 2014. [Ed. bras.: *Roland Barthes por Roland Barthes*. Trad. de Leyla Perrone-Moisés. São Paulo: Estação Liberdade, 2007.]

**AMBASSADE
DE FRANCE
AU BRÉSIL**
*Liberté
Égalité
Fraternité*

*Cet ouvrage, publié dans le cadre du Programme d'Aide à
la Publication année 2023 Carlos Drummond de Andrade
de l'Ambassade de France au Brésil, bénéficie du soutien
du Ministère de l'Europe et des Affaires étrangères.*

Este livro, publicado no âmbito do Programa de Apoio
à Publicação ano 2023 Carlos Drummond de Andrade
da Embaixada da França no Brasil, contou com o apoio do
Ministério francês da Europa e das Relações Exteriores.

Combats et métamorphoses d'une femme © Édouard Louis, 2021. Publicado originalmente na França por Éditions du Seuil, abr. 2021. Todos os direitos reservados.

Todos os direitos desta edição reservados à Todavia.

Grafia atualizada segundo o Acordo Ortográfico da Língua Portuguesa de 1990, que entrou em vigor no Brasil em 2009.

capa
Luciana Facchini
foto de capa
Daria Piskareva
preparação
Ciça Caropreso
revisão
Erika Nogueira Vieira
Jane Pessoa

6ª reimpressão, 2025

Dados Internacionais de Catalogação na Publicação (CIP)

Louis, Édouard (1992-)

Lutas e metamorfoses de uma mulher / Édouard Louis ; tradução Marília Scalzo. — 1. ed. — São Paulo : Todavia, 2023.

Título original: Combats et métamorphoses d'une femme
ISBN 978-65-5692-465-6

1. Literatura francesa. 2. Romance. 3. Ficção contemporânea. I. Scalzo, Marília. II. Título.

CDD 843

Índice para catálogo sistemático:
1. Literatura francesa : Romance 843

Bruna Heller — Bibliotecária — CRB 10/2348

todavia
Rua Luís Anhaia, 44
05433.020 São Paulo SP
T. 55 11 3094 0500
www.todavialivros.com.br

fonte
Register*
papel
Pólen bold 90 g/m²
impressão
Geográfica